EL AUTOR

Javier Villafañe nació en el barrio de Almagro, Buenos Aires, allá por 1909.

Titiritero y escritor de poemas, cuentos y obras de títeres para chicos y grandes, recorre desde muy joven los caminos de la Argentina y del mundo, en carreta o en avión, para hacer títeres y contar y escuchar historias.

Para chicos publicó, entre otros, *El Gallo Pinto*, 1944; *Libros de cuentos y leyendas*, 1945; *Los sueños del sapo*, 1963, y *Maese Trotamundos por el camino de Don Quijote*, 1983.

LA ILUSTRADORA

Delia Contarbio nació en Buenos Aires en 1939.

Estudió Bellas Artes e ilustró muchos libros para chicos desde 1976. Entre todos ellos podemos mencionar: *Amadeo*, de G. Montes; *Leyendas indígenas y Peligro en la selva*, de H. Quiroga.

Participó en exposiciones de la Argentina, Brasil y Checoslovaquia. Uno de los libros que ilustró, *Los jóvenes dioses*, de E. Galeano, fue seleccionado para la lista de honor del Premio Internacional Hans Christian Andersen.

Además de dibujar, Delia diseña y realiza títeres y muñecos.

Diseño gráfico: Helena Homs

Primera edición: junio de 1991
Sexta edición: mayo de 2001

Impreso en la Argentina
Queda hecho el depósito que
previene la ley 11.723.
© 1991, Editorial Sudamericana S.A.®
Humberto I 531, Buenos Aires

ISBN 950-07-2072-8

www.edsudamericana.com.ar

COLECCION

PAN · FLAUTA

Dirigida por
Canela
(Gigliola Zecchin de Duhalde)

A María del Mar,
bisnieta de Kive

Un cuento que me contaron
EL HOMBRE
QUE DEBÍA ADIVINARLE
LA EDAD AL DIABLO

Javier Villafañe
Ilustraciones: Delia Contarbio

EL HOMBRE
QUE DEBÍA ADIVINARLE
LA EDAD AL DIABLO

Era un hombre que estaba en el monte, cerca de una peña, y de pronto se le apareció el Diablo, él mismo en persona, así como es él. El hombre no tuvo miedo porque lo conocía. Una vez lo había visto en un sueño y eran exactamente iguales, cortados con la misma tijera: ni alto ni bajo, el pelo chamuscado, los cuernos puntiagudos, la cola rabona y las patas de chivo.

—Señor, quiero hacer un pacto con usted —dijo el Diablo, y preguntó—: ¿Qué le parece?

—Vamos a ver de qué se trata —contestó el hombre.

—Se trata de que usted será riquísimo, mucho más rico que el Presidente. ¿Qué le parece?

—Me parece bien, ¿y?

—Tendrá un palacio, carruajes. Lo que quiera. ¿Qué le parece?

—Me parece bien, ¿y?

—Si todo le parece bien, ¿por qué no hacemos un pacto?

—¿Y cuál es el pacto?

—Usted tendrá lo prometido y mucho más, pero deberá adivinarme la edad en un plazo de veinte años. Si adivina, queda libre y dueño de esa inmensa riqueza, y si no adivina será mi esclavo. ¿Qué le parece? ¿Está de acuerdo?

—Sí, estoy de acuerdo.

El Diablo le entregó un papel y dijo:

—Lea y firme.

—¿Para qué voy a leer, si no sé? Firmar, sí.

Y, con la pluma que le dio el Diablo, firmó. La firma era una espiral que terminaba en un punto.

El Diablo guardó el papel y dijo:

—Dentro de veinte años, justo a la medianoche nos encontraremos aquí, en este peñón. Yo soy puntual en las citas.

—Yo también —respondió el hombre.

El Diablo lo miró con una mirada filosa y desapareció.

Cuando el hombre llegó a su rancho, el rancho no estaba. En su lugar había un palacio todo iluminado y un gentío con uniforme subiendo y bajando escaleras. El hombre tampoco se reconoció. Era otro. En vez de alpargatas tenía botas. También, sin darse cuenta, le habían cambiado el sombrero y el poncho

por un sombrero aludo y un poncho listado. Nuevos, flamantes. Le aparecieron de golpe cuatro anillos, dos en cada mano, y de oro.

El personal de servicio estaba vestido de punta en blanco. Los hombres con guantes, zapatos de charol, pantalón gris, una chaqueta azul con alamares y botones dorados. Parecían generales en un día de desfile. Y las mujeres con guantes, zapatos de charol, blusa rosada y pollera negra. El mismo peinado y la misma sonrisa.

Cuando el hombre entró en el palacio, un caballero de barba que parecía el patrón de los uniformados dijo inclinando la cabeza:

—Señor, lo acompañarán a los aposentos.

—Perfecto —contestó el hombre.

—Pero antes deseo saber qué le apetece para el almuerzo.

—¿Desea saber qué?

—Qué ordeno para su almuerzo.

—Un puchero completo, que no le falte nada.

—¿Y de postre?

—Queso y dulce. Mantecoso y batata, preferiblemente.

—¿Y para beber?

—Tinto y soda.

Lo que llamaban "aposentos" era la exageración de lo increíble. Una cama donde podía dormir y soñar cómodamente una familia entera. Tenía un acolchado con pinturas de pájaros y flores. Almohadas y almohadones mullidos con bordados y encajes. "Para dormir en esta cama —pensaba el hombre— hay que bañarse todos los días y usar un camisón que esté a la altura de las sábanas." De las paredes colgaban tantos tapices, espejos y cuadros que no alcanzaban los ojos para verlos. Mesas recién lustradas con incrustaciones de nácar y piedras preciosas. Sillones y sillas del mismo color y sin fundas, como si esperaran visitas de importancia. "Así serán los 'aposentos' de los emperadores y los reyes", pensó el hombre.

Ese día lo pasó de asombro en asombro. Comió un puchero completo con vino y soda y un abundante postre, casi doble ración. Después durmió una larga siesta. Después paseó por el parque. Lo acompañaban unos perros finísimos y tan bien educados que a ninguno se le ocurrió olfatear ni levantar una pata frente al tronco de un árbol. Al contrario. Pasaban muy orgullosos sin mirarlo.

Un pobre se acostumbra en poco tiempo

a ser rico. A veces en una semana, a veces en unas horas. En cambio, un rico no se acostumbra jamás a ser pobre. Ni en treinta, ni en cincuenta años. El caso es que el hombre que firmó el pacto con el Diablo se acostumbró en minutos a ser rico, en un abrir y cerrar de ojos. Le gustó el buen comer, el dormir a pata suelta, el trato que le daba la gente, y mandar, sobre todo mandar y que le obedecieran. Se sentía tremendamente feliz. Hasta se había olvidado del Diablo.

En un lujoso transatlántico cruzó el océano y paseó por Europa, alojándose en hoteles de primera categoría. Conoció a reyes, sultanes, banqueros y embajadores, y pasó unos días con el Papa en su palacete de Roma. Vivió así, como un duque, sin darse cuenta de que pasaban los años.

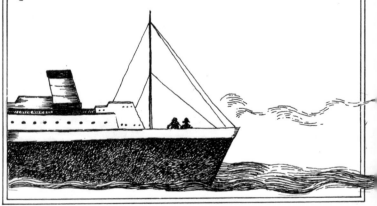

Se casó. La mujer era joven y hermosa, y él tan dichoso que el tiempo se le iba volando. A veces creía que era ayer y era pasado mañana.

Una noche de tormenta se desveló. No podía conciliar el sueño, y mientras contaba ovejas para dormirse recordó la cita con el Diablo. Además, para no olvidarse, tenía escondido en la mesa de luz un cartón misterioso con números y dibujos que solamente él podía descifrarlo: "El veinticinco de abril de mil novecientos noventa a las doce de la noche con el Diablo en el monte cerca del peñón".

Una tarde, el 15 de octubre de 1989, al abrir el cajón de la mesa de luz, se encontró con el cartoncito. Sacó cuentas con los dedos y se pegó un enorme julepe. Fue la primera vez que sintió tanto miedo, un miedo atroz, con

chuchos de frío y sudor en las palmas de las manos. "Me quedan solamente seis meses y diez días. No hay tiempo que perder", se dijo.

Y salió a buscar la edad del Diablo. Fue un viaje enloquecedor. Todo avión. Estuvo en Bolivia, nada. Nada en Ecuador. Nada en Venezuela. En México se enteró de que el primer Diablo llegó a América con Cristóbal Colón y el ajetreo de la carabela y los olores de a bordo le hicieron perder la memoria. Fue a Estados Unidos y un economista lo envió a la capital asegurándole que un grupo de diablos se reunía en una casa pintada de blanco. Allí no consiguió ninguna información y lo enviaron a Inglaterra para que viera en Londres a una metálica Diablesa, y ella le dijo: "De años no sé, ni pregunto; trato de ocultar los míos". Estuvo en China, en la India, y no lo conocían. En Persia se entrevistó con un matemático, que le dijo: "Tiene tantos años que no alcanzan los números para contarlos". En Alemania le dijo un filósofo: "Cuando nació estaba creado. Por lo tanto, no tiene edad". En Francia un quiromántico le dijo: "De tanto apantallar fuego se le borró la edad en las líneas de las manos".

Y regresó totalmente desconsolado. Había

recorrido el mundo y nadie supo decirle la edad del Diablo. Ni magos, ni sabios, ni adivinos, ni brujos. Nadie. La noche de la cita se acercaba. Pasaron Navidad y Fin de Año, pasaron Reyes y Carnaval. Y nada. El hombre cada vez más triste, más pálido y ojeroso. Y cuando faltaban apenas dos días el hombre le revela el secreto a su mujer:

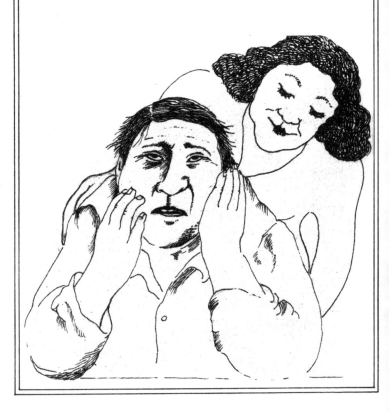

—Te voy a contar lo que me ha sucedido. Todas nuestras riquezas se las debo al Diablo. Él me dio dinero y poder a cambio de que le adivine la edad en un plazo de veinte años, y si no la adivino seré su esclavo. Sólo faltan dos días para que se cumpla el plazo. Estoy perdido.

—No te preocupes —respondió la mujer—. Yo voy a solucionar este problema. Es muy sencillo.

—¿Sencillo?

—Sí, muy sencillo. Dejalo por mi cuenta.

—¿Pero cómo le vas a adivinar la edad al Diablo en dos días si yo en veinte años no he podido?

—Vos, tranquilo. Vas a ver. Primero hay que cazar pájaros. Todo el personal del palacio debe ir a cazar pájaros. Cuantos más traigan, mejor.

—Sí, ¿y después?

—Después, ya verás.

Todo el personal salió en busca de pájaros. Regresaron con las jaulas llenas.

—Ahora hay que matarlos y quitarles las plumas —ordenó la mujer.

Los mataron y les quitaron las plumas.

—Ahora hay que poner las plumas en un tanque.

Pusieron las plumas en un tanque.

—Ahora hay que traer varios frascos de miel.

Trajeron varios frascos de miel.

—Ahora hay que volcar la miel en otro tanque.

Volcaron la miel en otro tanque.

La mujer se quitó la ropa, los zapatos, las medias y se metió desnuda en un tanque. Se cubrió con miel desde la punta del pelo hasta la punta del pie y pasó al otro tanque y empezó a dar vueltas y vueltas, a revolcarse como una cabra, y salió hecha un plumero.

—Ahora vamos al lugar de la cita.

El hombre la llevó al monte y se detuvieron frente a una peña. Ahí se quedó ella, inmóvil. Parecía una estatua. Ni estornudaba por no perder una pluma.

El hombre se escondió detrás de un árbol
y justo a la medianoche se escucha un trueno,
un ruido tremendioso como si se resquebra-
jara la tierra y ¡zas! se presenta el Diablo. Da
un salto y al encontrarse con un pájaro tan
extraño se sorprende y se pregunta: "¿Qué
pájaro será este pájaro?". Retrocede y lo observa detenidamente. "Ñandú no es —dice—;
gallareta no es; tampoco es garza ni gavilán."
Y empieza a dar vueltas alrededor del pájaro
con más colores que el arcoiris. Va calladito,
calladito. Se detiene, se acerca, lo mira bien
y vuelve a preguntarse: "¿Dónde tendrá el
pico y qué comerá este pájaro?". Lo toca por

un sitio y huele. "¡Puff! Este pájaro sí que tiene el pico blandito y hediondo. ¿Qué comerá este pájaro?" Y pregunta en alta voz:

—¿Qué comes? Decíme: ¿qué comés?

Entonces el pájaro, la mujer, responde:

—Jua gua... Jua gua.

—¡Caramba! —exclama el Diablo—. En mis cuatrocientos ochenta y cinco mil quinientos cuarenta y seis años jamás me había encontrado con un pájaro tan raro y que comiera juaguá.

Y mientras la mujer se iba dando saltos, el hombre subió a la peña y se quedó esperando.

El Diablo lo reconoció y dijo:

—Puntual. Acaban de dar las doce.

—Usted también fue puntual —respondió el hombre.

—¿Adivinó?

—Cuatrocientos ochenta y cinco mil quinientos cuarenta y seis años.

—Ni uno más ni uno menos —dijo el Diablo.

Y desapareció.

EL TIO KIVE

Era mejor estar con Juan Pedro cerca del arroyo a la sombra del árbol grande o inspeccionando barcazas y canoas amarradas en el embarcadero. Alejandro recuerda las siestas de los otros veranos. Juan Pedro venía a buscarlo después del almuerzo. Silbaba desde la puerta. Él respondía con otro silbido que parecía el eco. Y los esperaban el puente, el muelle, el arroyo donde solían bañarse y pescar bagres y mojarritas. Juan Pedro caminaba a su lado escuchándolo hablar. Le pedía que le contara historias del tío Kive, y Alejandro contaba aventuras —siempre distintas— que ocurrían en el Amazonas o en alta mar o en puer-

tos de la Patagonia con vientos helados, balle-
nas y gaviotas, y el tío Kive era marinero y
tenía una guitarra y un perro.

Con la mano en la frente y el libro abierto
sobre el mostrador, mira la calle sola bajo el
sol de la siesta. Piensa en Juan Pedro. Debe
estar a la sombra del árbol grande o perdido
en el paisaje de todos los días, descubriendo
los caminos recorridos tantas veces, extraña-
do de ver la piedra gris con vetas oscuras donde van a tomar sol las lagartijas y un día gra-
baron las iniciales de sus nombres. Vuelve a
pensar en Juan Pedro y sonríe. Lo ve mirando, lleno de asombro, cómo se recorta en la
otra orilla la casa de madera del pescador. Alejandro cree que Juan Pedro necesita sus ojos
y sus manos para ver y sentir las cosas. Se
le ocurre que en ese instante pasa un pájaro
pesado y extraño, parecido al alcatraz que re-
cortó de una lámina. Juan Pedro lo observa.
El pájaro vuela dibujando círculos, planea y
desciende lentamente sin mover las alas hasta
posarse en la casa del pescador. Y el pescador
se alegra porque tiene una veleta viva, con
plumas, parada sobre el sombrero de la chi-
menea.

—Estudiá, Alejandro.

Las palabras del padre vuelven a encerrarlo en las cuatro paredes de la tienda. Y Alejandro en voz alta dice:

—Dos rectas paralelas cortadas por una transversal forman ocho ángulos...

En el patio, en un sillón de mimbre, descansa el padre de Alejandro. Al oír la voz del hijo ha vuelto a cerrar los ojos. Inclina la cabeza buscando el respaldo del sillón y siente, satisfecho, el frescor de la sombra del parral cargado de racimos.

Alejandro, con los brazos cruzados sobre el libro abierto, sigue mirando la calle. Por la vereda de enfrente pasan una muchacha y un perro. Ella es pequeña, delgada. Lleva una canasta en los brazos. Se detiene frente a una casa. Deja la canasta en el suelo. Golpea la puerta con la mano y ofrece las frutas que vende:

—¡Duraznos! ¡Ciruelas!

Espera unos minutos, recoge la canasta y camina. El perro la sigue. La muchacha ha llegado a una esquina. De un lujoso carruaje parecido a la berlina que vio en el Museo de Luján desciende una elegante dama. Es joven. Viste de negro. Lleva un sombrero con un velo transparente que le cubre el rostro. Le dan pena los pies descalzos de la muchacha, y le pregunta:

—¿Qué estás haciendo aquí?

—Vendo duraznos y ciruelas.

Ahora se levanta el velo, sonríe dulcemente y vuelve a preguntar:

—¿Dónde vivís?

—Más allá del puente. Vivo sola con mi perro.

—¿Sola?

—Sí. Desde hace mucho tiempo.

La muchacha baja la cabeza. Con los pies acaricia el lomo del perro. La señora le toma una mano mientras habla.

—Pasaba en el coche y bajé para verte —dice—. Sos muy parecida a mi hija. Sos igual a ella, igual. Los mismos ojos, el mismo color del cabello. Yo también vivo sola. ¿Por qué no venís a vivir conmigo? Será como si hubiera vuelto mi hija. Es tan grande mi casa... Tiene un jardín y un mirador alto.

—Sí. Lléveme.

Caminan tomadas de la mano. Suben a la berlina y Alejandro siente un profundo pe-

sar. En el sueño se ha olvidado del perro. Sabe que la muchacha no podrá ser feliz sin su perro. Es su compañero, su único amigo, y quedó solo, bajo el sol, cuidando la canasta con las frutas. Alejandro detiene los caballos cuando la muchacha grita:

—¡Mi perro! ¡Mi perro!

—Vamos a buscarlo. Mi hija tenía uno igual.

Se abre la puerta del negocio. Entra una mujer con un muestrario de telas; y Alejandro, mirando el patio, dice:

—Papá, gente.

Alejandro piensa en el tío Kive, ese aventurero que sólo ha visto en una vieja fotografía envuelta en un papel de seda que guardaba su madre en un cajón de la cómoda. Recuerda: "¿Ven? Éste es papá, tu abuelo. Esta es tu tía Rosa. Ésta soy yo. Miren qué linda era y qué vestido con bordados y qué cabellera tenía. Y éste es Kive, tu tío".

Fue el padre el que habló entonces:

—Un haragán. Siempre andaba con papeles escribiendo tonterías o leyendo libros que no le daban ningún provecho. Se iba por ahí y al tiempo regresaba. Daba lástima verlo. Flaco, la barba crecida. Venía con hambre, sin humos en la cabeza. Prometía trabajar, ser un hombre. A mí me compraba con sus promesas. Y al día siguiente se levantaba temprano, alegre. Daba gusto verlo. Tocaba la guitarra y cantaba y nos contagiaba a todos con su alegría. Pero eso duraba poco: cinco, seis días, y después se sentaba en un rincón, pensando no sé qué cosas. Entonces la guitarra sonaba con una pena tan honda que nos ahogaba de tristeza. Era inútil. Debía irse otra vez. Andar. Había nacido vagabundo. Lo llevaba en la sangre.

—Tenía tus mismos ojos —dijo la madre.

39

Pasaron los años y Alejandro recordaba las palabras de sus padres y las cuatro figuras de la fotografía envuelta con mucho cuidado en un papel de seda. Y qué cariño por el tío Kive, por ese vagabundo que tenía sus mismos ojos y sabía arrancarle alegrías y penas a la guitarra y que él, todos los días, a cada instante lo sentía como si estuviera a su lado.

—Estudiá, Alejandro.

Ha vuelto a despertar el padre y Alejandro levanta la voz.

—Dos rectas paralelas cortadas por una transversal forman ocho ángulos...

Bajo los brazos cruzados está el libro abierto. Alejandro ve a la muchacha vendedora de frutas con un vestido nuevo y un moño en las trenzas contemplando la tarde desde el mirador más alto de la ciudad. Abajo, en el jardín, está la señora jugando con el perro.

Lo distrae una mosca. Vuela y no encuentra un lugar donde posarse. Va y viene de la puerta al mostrador, del mostrador a los estantes, como si le pesaran las alas. Escucha el afiebrado canto de las chicharras y el zumbido de los moscardones. Baja los ojos. Ve el libro abierto con dibujos de triángulos y círculos, la letra pequeña, fría, apretada. Siente rechazo por el libro. Es el culpable de su encierro. Le está robando la luz, la compañía de Juan Pedro, el arroyo.

Y otra vez aparece el tío Kive. Él, a su edad, leía libros que no le daban ningún provecho, según su padre. Los leía en los bancos de las plazas bajo la sombra de los árboles. Eran parecidos, quizás, a los que leyeron con Juan Pedro el invierno pasado: cuentos, novelas, viajes. Y fue después de haber leído muchos libros cuando sintió deseos de andar, conocer el mundo. Varias veces le había contado a Juan Pedro cómo se fue el tío Kive en un barco de carga. Al contar esa aventura sentía una gran emoción. Ese viaje era su viaje. Era él quien se iba: "Llevaba una guitarra, nada más. Salió de su casa antes de medianoche. Hacía frío.

Tenía que andar un largo trecho todavía. Se
encontró con un perro. Era un perro de la calle, sin dueño. Le acarició la cabeza y el lomo
y ya eran viejos amigos. Tío Kive le hablaba.
Iban a ver ciudades, puertos. Cómo sabía cosas de los puertos. Como si toda la vida la hubiera pasado en un barco, navegando, y era
la primera vez que se iba de Buenos Aires y
de Barracas, el barrio donde había nacido. Ca-
minaban cada vez más juntos, como si no qui-
sieran separarse nunca. Y así llegaron al barco de carga. Cuando un marinero lo vio, dijo: 'Llegó el muchacho de la guitarra y viene
con un perro'. Otro marinero le preguntó:

'¿Cómo se llama tu perro?' No sabía qué nombre decir. De pronto se encontró con los ojos del perro que lo miraban. Eran distintos. Uno azul, grande, luminoso, y el otro pequeño con una nube blanca, y respondió: 'Se llama Ojo de Agua mi perro'. El capitán llamó al perro, y cuando lo tuvo a su lado dijo: 'Ojo de Agua, serás la mascota del barco'''.

Se abre la puerta del negocio y Alejandro, mirando el patio, dice:

—Papá, gente.

Desde que el hombre abrió la puerta Alejandro lo observa con atención, con simpatía. Alto, delgado, rubios los cabellos y la barba, los ojos claros, azul el pantalón de marinero, desprendido el saco de pana, la gorra echada hacia atrás y la pipa en la boca.

—Quiero dos botones iguales a éste —dice, y muestra el único botón que conserva el saco—. Iguales a éste —repite.

El padre de Alejandro abre una caja y desparrama unos botones sobre el mostrador.

—Éstos son los más parecidos —dice—. Son casi iguales.

—No, no son iguales.

—Le será difícil encontrarlos. Lo mejor y más práctico es que saque el botón y ponga éstos.

—No, señor. Lo mejor y más práctico será encontrar los dos botones que busco. Buenas tardes.

Y se fue.

El padre de Alejandro recogió los botones, puso la caja en su sitio y bostezando regresó al patio.

Alejandro quedó impresionado. Sintió deseos de salir a la calle y alcanzarlo. Tenía la certeza de que ese hombre era compañero del tío Kive y que juntos hicieron un viaje muy largo. Estaba seguro. No cabían dudas de que era marinero. Lo decían claramente la gorra, el pantalón, la pipa. Y Alejandro comienza a soñar. Ya está frente al amigo del tío Kive. El marinero lo mira con cariño. Alejandro le pide noticias de su tío. Lástima que Juan Pedro no está con ellos. Cierra los ojos para oír mejor, para no perder una sola palabra: "Una vez hicimos un viaje muy largo. A Kive le gustaba quedarse en silencio mirando el cielo y

el mar. De noche tocaba la guitarra y cantaba. Llegamos a un puerto y él se fue a vivir a un barrio de casas pequeñas, pintadas de distintos colores y con calles estrechas y arboladas. En una de esas casas vivían Kive y Ojo de Agua. Era un barrio de pescadores y tejedores de redes. Por la tarde los vecinos salían a la calle y se reunían en la vereda. Kive paseaba con su perro. Una mañana fue al puer-

to y regresó con una jaula llena de pájaros. Un domingo de sol salió con la jaula. Los chicos lo seguían. Cuando llegó al medio de la plaza abrió la puerta de la jaula y los pájaros salieron volando. Y fue una fiesta esa alegría de pájaros libres. Después rompió la jaula y después, cuando los vecinos lo veían pasar, decían: 'Ahí va el hombre que liberó a los pájaros'''.

Desde el patio llega la voz del padre:

—Estudiá, Alejandro.

Pero Alejandro no responde. Sigue enredado en los hilos del sueño. A su lado está el marinero del saco de pana. Se pasa la mano por la frente. Le palpitan las sienes. Quiere seguir oyendo aventuras del tío Kive, quiere hablarle al marinero y tiene miedo de que lo escuche su padre. Apenas si mueve los labios cuando pregunta: "¿En dónde está tío Kive? Debo verlo". El hombre se inclina para responder. Siente el calor de la pipa: "Está lejos —dice—. Voy a encontrarme con él. El barco sale esta misma tarde. ¿Querés venir conmigo?" "Sí, sí. Lléveme."

—Estudiá, Alejandro.

Y Alejandro sonríe. Sabe que el marinero lo está esperando en el puerto y que pronto, muy pronto, verá al tío Kive.

Juan Pedro llega como todas las tardes con los cabellos despeinados y la caña de pescar sobre un hombro. Apoyá la caña contra la pared, y cuando Alejandro va a hablar del encuentro con el marinero, en ese mismo instante vuelve a abrirse la puerta.

—Papá, gente.

Es el cartero, que trae una carta certifica-da. El padre de Alejandro firma el recibo. Observa el sobre con atención. No se atreve a abrirlo.

—Las estampillas son de Brasil —dice.

Rasga el sobre y lee la carta. Está tremendamente impresionado. Le tiemblan las manos y la voz:

—Kive desde Bahía. Llega en avión el veintiocho a las tres de la tarde. Voy a llevar la carta a tu madre.

—El veintiocho a las tres de la tarde —repite Alejandro.

—La semana próxima —dice Juan Pedro, y agrega—: Todo parece un cuento como si alguien hubiera escrito un cuento y uno lo estuviera leyendo. ¿No te parece?

—Sí, es cierto —responde Alejandro—. Bajará del avión con el perro y la guitarra. Y faltan pocos días.

DEL AUTOR

A este cuento, *El hombre que tenía que adivinarle la edad al diablo,* lo escuché varias veces. La primera vez cuando era muy chico. Lo contaba una señora española, de nombre Rosa, que fue la cuentacuentos de mi infancia.

Después lo escuché en los Andes venezolanos mientras iba haciendo títeres en un teatro que era un gran paraguas. Entonces se lo oí contar a don Rafael Vargas, pintor de pájaros.

Y así como me lo contaron lo cuento yo.

Al tío Kive lo conocí en Formosa en el año 1937. Kive nos contaba historias increíbles. Impresionado por su vida, escribí un cuento: *El tío Kive,* que apareció publicado en el diario *La Prensa* (1939). Un par de años más tarde me encontré con él en una esquina del Once, fuimos a un bar y después de muchos bueyes perdidos en la charla Kive me dijo:

—Leí mi cuento y no me gustó el final. Me dejó triste. Debés cambiarlo. ¿No ves que regresé y estoy otra vez con ustedes en Buenos Aires?

Y cambié el final para que tío Kive dejara de estar triste.

Laura Villa

DE LA ILUSTRADORA

A las personas nos suceden muchas cosas al mismo tiempo. Sentimos, imaginamos, nos emocionamos, pensamos. Estas cosas también nos pasan, claro, cuando leemos.

La tarea del ilustrador es el trabajo que debe hacer con todo eso que está adentro, y ordenar, buscar, probar una y otra vez con las imágenes que van surgiendo.

Cuando tengo que ilustrar un cuento, intento relacionarme con ese texto tratando de meterme lo más posible en las situaciones, en los personajes, en los sentimientos que aparecen. Así se van armando las imágenes cada vez más claras, y cuando por fin me empiezo a sentir bien con un dibujo es porque está listo. O en camino. Pero casi siempre antes del trabajo logrado hay un montón de dibujos rotos en el tachito de los papeles.

Delia

Homenaje de todos los que h

este libro a Javier Villafañe

COLECCION PAN FLAUTA

1. Marisa que borra, *Canela* (N)
2. La batalla entre los elefantes y los cocodrilos,
   Ana María Shua (M)
3. Los imposibles, *Ema Wolf* (V)
4. Cuentos de Vendavalia, *Carlos Gardini* (M)
5. Expedición al Amazonas, *Ana María Shua* (N)
6. El mar preferido de los piratas, *Ricardo Mariño* (V)
7. Prohibido el elefante, *Gustavo Roldán* (M)
8. Más chiquito que una arveja,
   más grande que una ballena, *Graciela Montes* (A)
9. Oliverio Juntapreguntas, *Silvia Schujer* (V)
10. La gallina de los huevos duros, *Horacio Clemente* (M)
11. Cosquillas en el ombligo, *Graciela Cabal* (A)
12. El hombrecito del azulejo, *Manuel Mujica Lainez* (V)
13. El cuento de las mentiras, *Juan Moreno* (M)
14. El viaje de un cuis muy gris, *Perla Suez* (A)
15. El hombre que debía adivinarle
    la edad al diablo, *Javier Villafañe* (M)
16. Algunos sucesos de la vida y obra
    del mago Juan Chin Pérez, *David Wapner* (V)
17. Estrafalario, *Sandra Filippi* (M)
18. Boca de sapo, *Canela* (V)
19. La puerta para salir del mundo, *Ana María Shua* (M)
20. ¿Quien pidió un vaso de agua?, *Jorge Accame* (A)
21. El anillo encantado, *María Teresa Andruetto* (NE)
22. El jaguar, *Jorge Accame* (NE)
23. A filmar canguros míos, *Ema Wolf* (V)
24. Un tigre de papel, *Sergio Kern* (N)
25. La guerra de los panes, *Graciela Montes* (N)

Serie **Azul** (A): Pequeños lectores
Serie **Naranja** (N): A partir de 7 años
Serie **Magenta** (M): A partir de 9 años
Serie **Verde** (V): A partir de 11 años
Serie **Negra** (NE): Jóvenes lectores

Sentimientos

Naturaleza

Humor

Aventuras

Ciencia ficción

Cuentos de América

Cuentos del mundo

17. **ESTRAFALARIO**
Serie magenta
Sentimientos

18. **BOCA DE SAPO**
Serie verde
Sentimientos

19. **LA PUERTA PARA
SALIR DEL MUNDO**
Serie magenta
Sentimientos

20. **QUIEN PIDIO UN
VASO DE AGUA**
Serie azul
Humor

21. **EL ANILLO ENCANTADO**
Serie negra
Cuentos del mundo

22. **EL JAGUAR**
Serie negra
Naturaleza

23. **A FILMAR CANGUROS MIOS**
Serie verde
Humor

24. **UN TIGRE DE PAPEL**
Serie naranja
Sentimientos

Esta edición de 2.000 ejemplares
se terminó de imprimir en
Kalifón S. A.,
Humboldt 66, Ramos Mejía, Bs. As.,
en el mes de mayo de 2001.